# 蒙面舞者

〔意〕蒂·奥尔西 / 著

〔意〕奥罗拉·卡恰波蒂 / 绘

窦兆娜 张婷婷 / 译

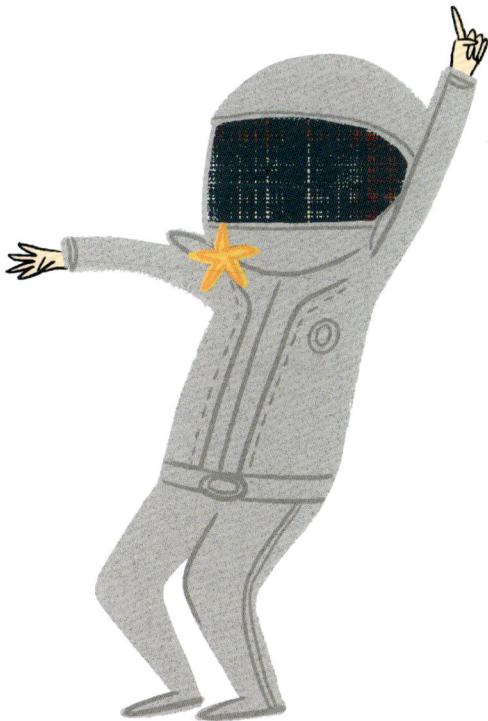

GUANGXI NORMAL UNIVERSITY PRESS

广西师范大学出版社

·桂林·

马特有一个远大的梦想，那就是成为一名闪闪发光的舞者！每当他听到劲歌热曲，就忍不住即兴表演一些精彩的动作。

"你太有才了！"妹妹米娅说，"为什么不和我一起去上街舞课呢？"

　　马特立即关上收音机，停止了跳舞。

　　"我不能！"他说，然后又假装不在乎地纠正道，"好吧，是我不想！我已经在打篮球了。"

"不是吧，"米娅半信半疑地看着哥哥，"别告诉我，你是因为不好意思！"

是的，马特确实是因为不好意思，但他不想承认。

　　如果篮球队的队友发现马特最大的梦想是
跳舞，他们会怎么说？

所以，他一直只在家里跳舞……

在卧室，

在厨房，

在浴室，

在走廊，

在客厅。

重要的是，没人会发现！

但当动感的音乐在身体里流淌时，
实在让人情不自禁。

"你在干什么，马特？"教练看到他训练时在篮球筐下做旋转动作，问道。

这一幕恰巧被看台上的米娅看到了。

米娅想，我必须帮助他实现梦想。

就在这时，萨拉走了过来。她和米娅在体育馆等着上街舞课。米娅忘了还有上课这回事，她想到了一个好主意。

"我们办一场变装嘻哈秀吧，就像在嘉年华办的那次。一定非常有趣！"开始上课后，米娅和老师说。

"抱歉，米娅，"老师说，"我已经策划了一场以外太空为布景的表演，不过你们中得有一个人穿上星际英雄的表演服。"然后她向米娅展示了精美的银色太空服和闪亮的头盔。

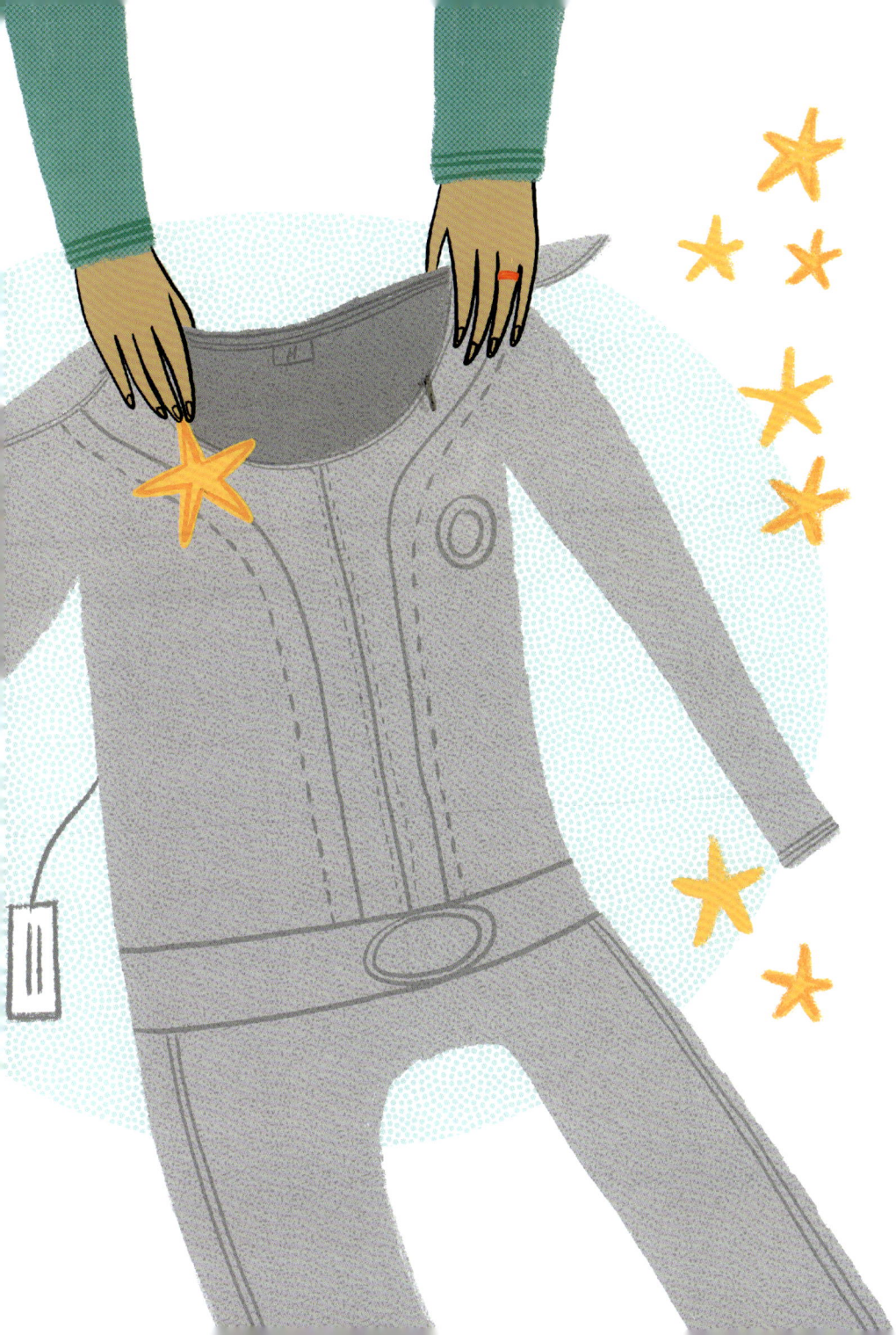

这正合米娅的心意！

"如果我朋友愿意，他能否扮演星际英雄呢？"
她问道，"他很有才华，就是有点儿害羞，他很想
上我们的街舞课。"

"当然可以，但是他的父母得在知情书上签字。"老师回答。

“如果我的朋友们认出我怎么办？大家会笑话我的！”当米娅把这个计划告诉马特时，他抱怨道。

"他们不可能认出你！"米娅保证，"我们需要一名像你一样的特邀舞者。你就在家里排练，没人会发现的。"

马特有点儿犹豫，但他太渴望在舞台上跳舞了。

"好吧，"他喃喃地说，"如果有人认出我，我会告诉他们，我这么做完全是为了你！"

"太好了！"米娅欢呼，立刻给了他一个大大的拥抱。

经过一周的辛苦排练，正式演出的日子终于到了。

　　马特非常紧张。他走上舞台，双腿开始颤抖。

但当音乐响起，他的恐惧消失了，他开始像真正的明星一样跳舞！

太精彩了！歌曲结束，音乐停止，观众开始热烈鼓掌。

他们好喜欢这名星际英雄的表演，想看看他是谁！

马特有些不知所措，他深吸一口气，然后……

他摘下头盔，等着迎接朋友们的嘲笑。

出人意料的是，大家的掌声更热烈了。

大家很惊讶，也很兴奋。

"你为什么不告诉我们，你跳舞这么厉害？"
朋友们问。

他们走上舞台，把马特高高举起。

“看，你永远都不要害怕追求梦想。”米娅小声对哥哥说。

“是的，明天我就去上街舞课！”马特开心地笑着应道。

# 我喜欢这个故事，因为……

蒙面舞者
Mengmian Wuzhe

出版统筹：伍丽云
质量总监：孙才真
责任编辑：窦兆娜　张婷婷
责任美编：邓　莉
责任技编：马其键

The Masked Dancer
© 2018 DEA PLANETA LIBRI SRL
Text:Tea Orsi
Illustration:Aurora Cacciapuoti
Simplified Chinese edition copyright © 2025 by Guangxi Normal University Press Group Co., Ltd.
All rights reserved.
著作权合同登记号桂图登字：20-2025-004 号

**图书在版编目（CIP）数据**

蒙面舞者 /（意）蒂·奥尔西著；（意）奥罗拉·卡恰
波蒂绘；窦兆娜，张婷婷译. -- 桂林：广西师范大学出版社，
2025.4. --（魔法象）. -- ISBN 978-7-5598-7880-9

Ⅰ. I546.85

中国国家版本馆 CIP 数据核字第 202598C3A8 号

广西师范大学出版社出版发行

（广西桂林市五里店路 9 号　邮政编码：541004）
（网址：http://www.bbtpress.com）

出版人：黄轩庄

全国新华书店经销

北京博海升彩色印刷有限公司印刷

（北京市通州区中关村科技园区通州园金桥科技产业基地环宇路 6 号　邮政编码：100076）

开本：889 mm × 1 360 mm　1/32

印张：1　　　字数：20 千

2025 年 4 月第 1 版　　2025 年 4 月第 1 次印刷

定价：18. 00 元

如发现印装质量问题，影响阅读，请与出版社发行部门联系调换。